Thank You, Mr. Panda

Gracias, Sr. Panda

Originally published in English in the UK by Hodder Children's Books as *Thank You, Mr. Panda*

ISBN 978-1-338-23343-8

10 9 8 7 20 21 22

Printed in the U.S.A. 141
First Spanish printing 2018

Thank You, Mr. Panda

Gracias, Sr. Panda

Steve Antony

Who are all the presents for, Mr. Panda?

¿Para quién son todos los regalos, Sr. Panda?

My friends.
Para mis amigos.

This is for Mouse.
Este es para Ratón.
A present for
me, Mr. Panda?
¿Un regalo para
mí, Sr. Panda?

It's the thought that counts.

Lo que cuenta es la intención.

But it's too big.

Pero es demasiado grande.

This is for Octopus.
Este es para Pulpo.

A gift for me, Mr. Panda?
¿Un regalo para mí,
Sr. Panda?

But I have eight legs.

Pero yo tengo ocho patas.

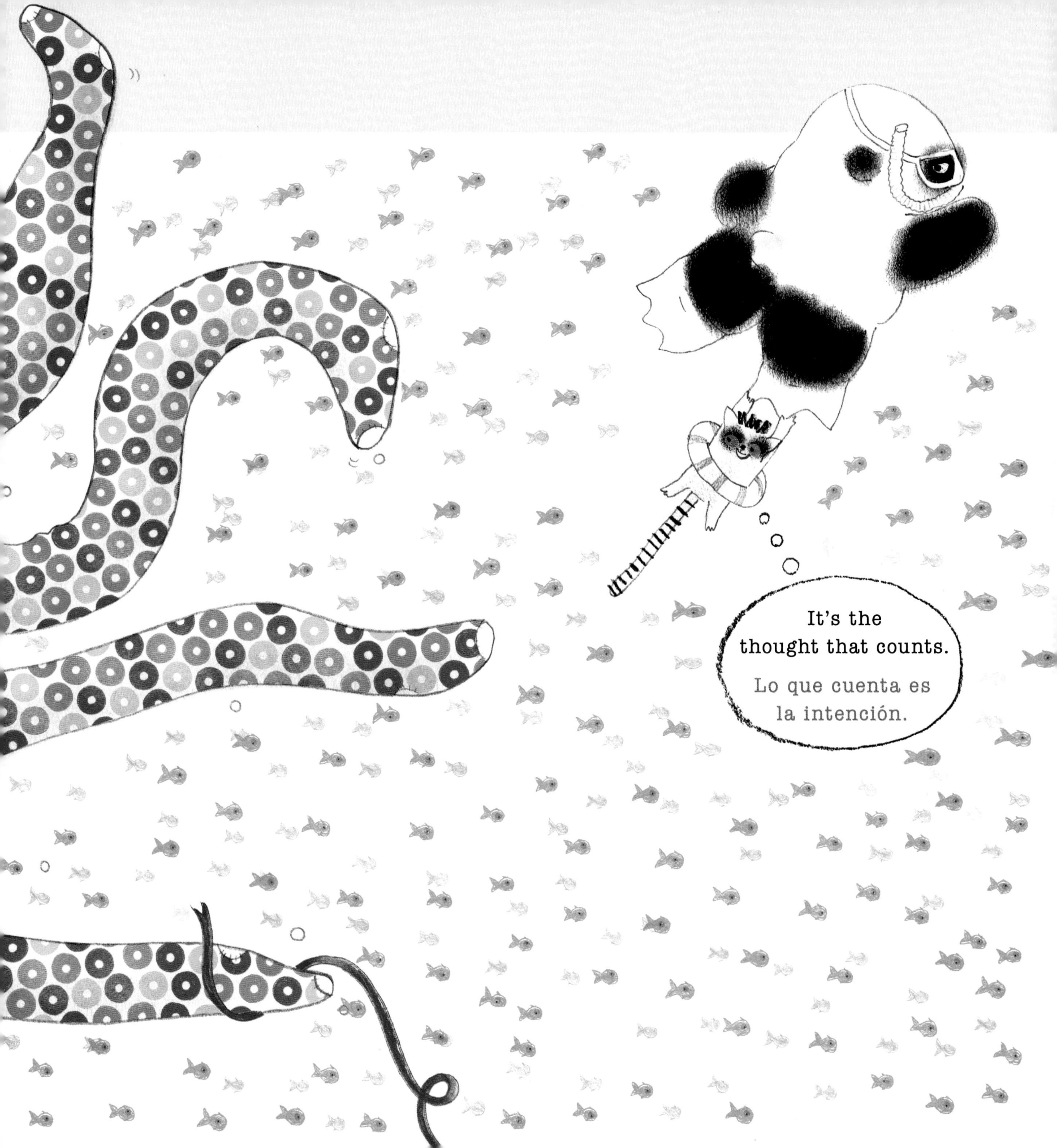
It’s the thought that counts.
Lo que cuenta es la intención.

This is for Elephant.

Este es para Elefante.

I will open it later.
Lo abriré más tarde.

And this is for
Mountain Goat.

Y este es para
Cabra Montesa.

Something for me, Mr. Panda?

¿Algo para mí, Sr. Panda?

But it's too long.

Pero es demasiado largo.

It's the thought that counts.

Lo que cuenta es la intención.

Who is the
last present
for, Mr. Panda?

¿Para quién es
el último regalo,
Sr. Panda?

It's for you. Es para ti.

Thank You, Mr. Panda!
¡Gracias, Sr. Panda!

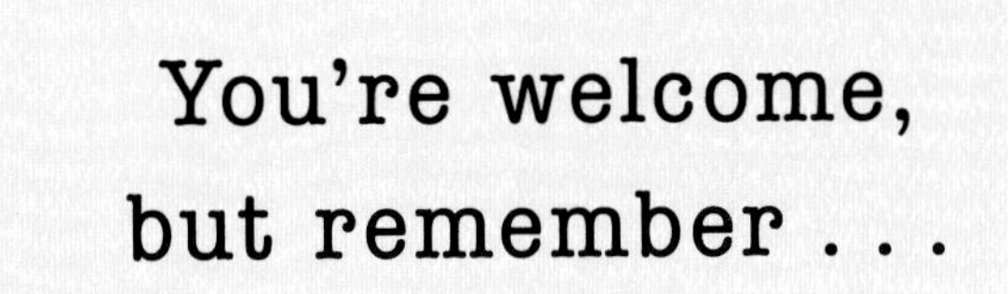

You're welcome,
but remember . . .

De nada,
pero recuerda...

. . . it's the thought that counts.

lo que cuenta es la intención.